おやすみ、ロジャー

魔法のぐっすり絵本

カール=ヨハン・エリーン 著

飛鳥新社

THE RABBIT WHO WANTS TO FALL ASLEEP
by Carl-Johan Forssén Ehrlin

Originally published in Sweden by Ehrlin Förlag as Kaninen som så gärna ville somna in 2010.
Kaninen som så gärna ville somna copyright © 2010 by Carl-Johan Forssén Ehrlin.
English translation by Carl-Johan Forssén Ehrlin
Illustrations by: Irina Maununen

Published by agreement with the Salomonsson Agency.
Japanese translation rights arranged through Japan UNI Agency, Inc.

本書の読み方の手引き

【注意！】
車を運転している人のそばで絶対に音読しないこと。

『おやすみ、ロジャー』は子どもたちの寝つきをよくするために書かれた本です。

　この本はゆっくりと、できるだけおとぎ話にふさわしい声で、他のことにいっさい邪魔されない環境で読みきかせてください。そうすることで子どもがリラックスし、落ちついて眠りやすくなるのです。内容はリラクゼーションを目的とした心理学のテクニックにもとづいているので、もし途中でお子さんが寝てしまっても、起こさずにそのまま終わりまでとおして読むとより効果が高まります。

　お子さんは絵を見ながら聞くよりも、むしろ横になってお話だけを聞くほうがいいでしょう。そのほうがリラックスしやすいのです。

　まずはふつうに読み聞かせをしてみて、慣れてきたらつぎの指示に従って読んでみてください。

- **太字**の箇所は、言葉や文を強調して読む
- 色文字の箇所は、ゆっくり、静かな声で読む
- 【あくびする】など動作の指示に従い、【なまえ】にはお子さんの名前を入れる
- うさぎの名前、ロジャーは、ロー・ジャーとあくびを2回しながら読んでもよい

　この本には特別に組み立てられた文や厳選された言葉が含まれています。多少見慣れない文もあるでしょうが、そこには心理学上の意図があるのです。

　それでは健やかに、よい眠りを！

さーて、いまからとっても眠(ねむ)くなるお話をしましょうか。すぐ眠っちゃう子もいるし、夢(ゆめ)の国につくまでにちょっとだけ時間がかかる子もいます。【あくびする】【なまえ】はどっちかな？　いますぐ眠る？　それとも、お話の終わるころに眠る？

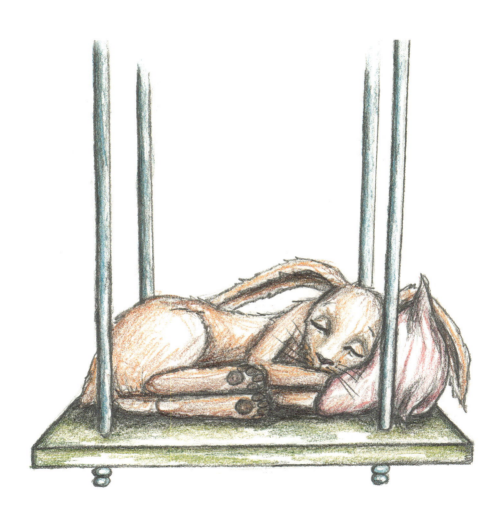

むかしむかし、ロジャーという名前の小さなうさぎがいました。ロジャーは眠りたくてしょうがないのに、**いますぐには眠れない子**でした。

　うさぎのロジャーはちょうどきみと同い年。年上でもなく、年下でもなく、ちょうど【なまえ】と同い年です。好きなこともきみとまるでいっしょで、楽しいことをして遊ぶのが大好き。**いますぐ眠る**より、遅くまで起きて遊ぶほうが好きなところも。

　ロジャーのきょうだいはみな、**毎晩**、おかあさんうさぎがおふとんに連れていくと、**すぐに眠ってしまいました**。でもロジャーは違います。横になって、**いますぐ眠る**かわりにやりたいことを、あれこれ考えていました。おそとで何をしようか、しばふの上で何をして遊ぼうか、ただ走りまわろうか……うんと疲れちゃうまで。そう、くたくたに疲れて、もう走りまわれなくなっちゃうまで。

　ロジャーは公園で朝から晩まで遊ぶことを考えていました。そして、ブランコの上で寝ちゃうのです。さあ。ロジャーを乗せて、ブランコが行ったり来たり、ゆーらゆら、ゆーらゆら、ゆっくり、ゆったり、ゆーらゆら。

いろんなお遊びのことを考えているうちに、ロジャーは**もっともっと疲れちゃいました**。いっぱい遊んで、いっぱい疲れて、**くたくたになりました**。おかあさんうさぎが「静かに、ロジャー。**さあ、早く寝なさい**」という前に。

　いろんな音がするけど、それを聞くと、ロジャーも【なまえ】ももっともっと眠くなってきます。あ、ロジャーが**寝ちゃう**。こんなに早く。**いますぐ。もうちょっとで寝ちゃう。さあ、**ロジャーときみがいっしょに眠っている姿が、息をするたびに、だんだんくっきり、見えてきました。

　どういうわけか今日にかぎって、ロジャーのきょうだいたちは、**いつもより早く眠ってしまいました**。そのとき、ロジャーが考えていたのは、**いますぐ眠る**ために、考えているうちに**くたくたになって眠くなっちゃうようなこと**。いつもくたくたになって、眠くなっちゃう、うーんとくたくたになって、うーんと眠くなっちゃうようなこと。遊ぶこととか眠ることといろいろ、とにかくロジャーときみが、いますぐくたくたになっちゃうようなこと。

　それでもロジャーは眠くなりません。なんとかしなくちゃ。おと

うさんうさぎはもう眠っていたけど、おかあさんうさぎはまだ起きています。だから、ロジャーはおかあさんうさぎに相談することにしました。すると、おかあさんうさぎはロジャーときみに、「考えごとをぜーんぶ、頭の中から取りだして、おふとんの横にある箱に入れちゃうのはどう？」と教えてくれました。

「あしたの朝、目が覚めたら、考えていたことにはぜーんぶ答えが出ていて、あなたたちも元気いっぱいになってるはずよ。だから、**さあ、もう寝なさい**」
　と、おかあさんうさぎは、自信たっぷり。

「答えが出るのに、ちょっと時間がかかるときもあるわ。でも箱に入れておけば、かならず、答えは出るのよ」
　ロジャーときみは、いわれたとおり、考えごとを箱に入れてみます。そうしたらふしぎ、頭がすっきりして、気持ちよく、ゆったりとした気分で眠る準備ができました。

　そのあと、おかあさんうさぎは、みんなでいっしょにあくびおじさんに会いにいきましょう、といいました。あくびおじさんは世界一親切な魔法つかいで、はらっぱの向こうがわに住んでいるのです。

「これはとっておきよ。**あなたたちふたりともかならず眠りに落ちるはずだから**」

　いわれたとおり、ロジャーときみは、いますぐ眠らせてくれるというあくびおじさんに会いにいくことにしました。家を出ながらロ

ジャーは、前にあくびおじさんに眠らせてもらった、あんなとき、こんなときのことを思いだしました。あくびおじさんは、何度も何度も、ロジャーと**きみを眠**らせてくれたのです。魔法のじゅもんと、魔法の薬(くすり)を使って。そして、いまからまた同じようにやってくれるのです。

　かならず眠れると知っているロジャーが、【なまえ】にいいました。
「いますぐ眠る、それでもいいんだよ。お話が終わる前に」
　そう、ロジャーにはわかっていたからです。最後にはふたりとも眠りに落ちていて、めでたしめでたし、で終わることが。

　あくびおじさんに会いに行く途中(とちゅう)で、ロジャーもきみも、さっきより眠たくなりました。
　あくびおじさんの家への小さな坂道(さかみち)をいっしょにくだっていきます。ロジャーが何回もとおったことがある、よーく知ってる**くだりの坂道**です。おりていく、おりていく、もっとおりていく、そう、そう、いいね。

　ロジャーとおかあさんうさぎが歩いていくと、背中(せなか)に自分のおうちをしょった、親切そうな、おねむのカタツムリに会いました。

「どこいくんだい？」とおねむのカタツムリがものめずらしそうに聞いてきます。

「あくびおじさんのところだよ」とロジャーは答えました。
「あくびおじさんは、**すぐに眠らせてくれる**からね。そうだ、きみが**自分だけで眠れる**のはなぜ？」
　そうロジャーが聞くと、おねむのカタツムリはちょっとのんびりしてから、秘密を教えてくれました。静かに落ちついて、なんでもゆっくりやるのだよ、と。**歩くのもゆっくり、とてもゆっくり。動**

くのもゆっくり、とてもゆっくり。ゆっくり考えて、ゆっくり静かに息をする。ゆっくりと落ちついて。そのまま、ゆっくり、ゆっくり。

「そうすれば、ぼくは眠れるのさ」とおねむのカタツムリ。

「ありがとう、やってみるよ」とロジャー。

そして、おねむのカタツムリは【なまえ】にいいました。
「だいじょうぶ、このお話を聞いていたらきみも眠れるよ。とてもかんたんにね。さあ、眠ってもいいんだよ、いますぐ」

ロジャーはおねむのカタツムリにさよならをして、そのまま歩きつづけました。

「おねむのカタツムリさんが教えてくれたとおり、なんでもゆっくりにすれば眠くなりそうだね」とロジャー。

ロジャーは歩くのをゆっくりゆっくりにして、一歩一歩を小さくしました。それといっしょに、息も深くゆっくりにしてみると、もっとくたびれてきました。ゆっくりだと力が抜けて楽になる。ロ

ジャーはもっとくたくたになって、もっと力が抜けて、もっと気持ちが楽になる。するときみも、もっとくたくたになってくる。ロジャーがもっとくたくたになって、もっと楽になると、きみももっともっとくたくたになる、ほらね。【あくびする】そうそう。

　ロジャーとおかあさんうさぎは、はらっぱの向こうがわに住むあくびおじさんの家へと、またゆっくりと小道をくだりはじめました。しばらく行くと、ウトウトフクロウに会いました。うつくしくてかしこいフクロウで、いつも眠たそうな目をしています。フクロウはあくびおじさんの家につづくくだり坂のわきの、小さな枝にすわっていました。

「ウトウトフクロウさん、こんにちは。とてもかしこいフクロウさんに聞きたいことがあるんだ。**ぐっすり眠れる**いい方法、知ってる？　**いますぐ**」とロジャー。

「もちろんよ。**いますぐ眠る**、とっておきの方法があるわ」とウトウトフクロウは答えました。
「でも、最後まで聞かなくてもいいわ。だって、**あなたはもうすぐ眠りに落ちるのがわかっている**のだから。まずは心を静かにして、

体を楽にしてね。そして、私がいうとおりにするの。さあ、眠ってもいいのよ、いますぐ。**体を楽にしてね。**さあ、横になって。これから、順番に体の力を抜いていきまーす。**私のいうとおりに、楽にしていくだけでいいのよ**」

　ウトウトフクロウさんはとてもかしこいから、そのとおりにしよう、とロジャーは思いました。

「足首を楽にして、【なまえ】」。ロジャーときみは、ウトウトフクロウさんにいわれたとおりにすると、**すぐに足首が楽になります。**

「足ぜんぶを楽にして、【なまえ】」。ロジャーときみはそうします。**いますぐ。**

「おなかと背中を楽にして、【なまえ】」。ロジャーときみはそうします。**いますぐ。**

「両手を楽にして、【なまえ】。ほら、どんどん両手が石みたいにおもくなってきたわよ」。ロジャーときみはそうします。**いますぐ。**

「**頭も楽にします。**するとほら、**まぶたがおもくなってきたでしょう？**【なまえ】。そうそう、それでいいの。ロジャーときみは**すっかり体の力が抜けて楽になりました。さあ、まぶたがおもくなって、いまにも眠りに落ちちゃいそう**」

　ウトウトフクロウはつづけました。
「体ぜんぶをおもくしちゃいましょう。おもくておもくて、地面に**体が落ちてしまいそう。落ちていく、落ちていく、落ちていく。**そ

う、はっぱが枝から落ちるみたいに、地面にゆっくりと、落ちていく、落ちていく、落ちていく、ゆっくり落ちていく。風に吹かれながら、ゆっくり、ゆったり落ちていく。ゆっくり、ゆったり、落ちていく、落ちていく、落ちていく。ほらね、まぶたがおもくなってきた」

ロジャーはもうくたくたになったのを感じながら、「これはいい」といいました。くったくただ。くたくたで、きみも【あくびする】すぐに眠っちゃいそう。**ストンと眠りに落ちる前と同じように、静かに落ちついています。**

ロジャーはあくびおじさんのところへ行くことに決めていたので、坂をくだりつづけました。もうとってもくたくただったけど。ロジャーはおねむのカタツムリが教えてくれたことを思いだしています。ゆっくり歩いて、静かに落ちついて、もっとくたくたになればいいんだ、と。

ロジャーは、**自分がどれだけくたびれているかに気づきました。**ああ、横になって**眠りたい**、そうできたらどんなにいいだろう。でも、**いま、ここで横になって眠る**のはダメだ、とロジャーは思いま

した。それに、あくびおじさんのところに行って、**すぐに眠るって、おかあさんうさぎと約束**したんだし。

　もうしばらく歩くと、あくびおじさんの庭につきました。家の外には大きな看板があって、**「わしはだれでもねむらせる」**と書いてあるではありませんか。**そのとおりだ、**ときみは思いました。**なんだかさっきより、くたくただ。もう。**そうか、あくびおじさんの看板のじゅもんのせいで**眠くなってきてるんだ、**ときみは思いました。

　玄関にたどりつくと、今度は小さな看板がありました。「**眠る準備ができたら、ドアをノックすること、いますぐ**」とあります。ロジャーはもうくたくたで眠たかったし、**きみもいますぐ眠る準備ができている**ので、ドアをノックしました。

　あくびおじさんがドアを開けました。きみとロジャーとおかあさんうさぎに会えてうれしそう。
「よく来たのう」とあくびおじさん。「これはこれは。**いますぐ眠る手助けをしてあげよう**」

　おねがい、とロジャーが答えます【あくびする】。「ぼくたちのこ

と、**眠らせてほしいんです、いますぐ**。ぼくと【なまえ】のふたりともです」

　あくびおじさんは大きくてぶあつい本を取りだしました。そこにはじゅもんがびっしり。うさぎと人間が**眠りに落ちて**、幸せになって、やさしくなって、みんなに愛されて、自分のことが好きになるじゅもんが。そのままにしていればいいんじゃ、きみがいますぐできることじゃよ、とあくびおじさん。あくびおじさんはさらに、**ききめばつぐんで目には見えない魔法の眠り薬**も取りだしました。そ

れをサッと振りかければ、人間もうさぎも眠りに落ちる薬です。

「どれどれ、きみにじゅもんをかけて、目に見えない眠り薬をかけるぞ。ああ、気をつけてほしいことがあるんじゃ。じゅもんと薬をかけられたら、まっすぐおうちに帰ってすぐに寝ること。**さあ、いますぐ。**帰り道で**もう眠ってしまう**かもしれんし、おふとんに入ってからかもしれん。このじゅもんと眠り薬はいつでもきくから、きみたちも**あっというまに眠りに落ちてしまう、いますぐ**」

「やっと**眠れる。朝までぐっすりぐっすり眠れるんだ**」とロジャーは安心していいました。

「よしよし、それでは、はじめるぞ」とあくびおじさんはいうと、とってもききめのあるじゅもんを読みだしました。ロジャーと**きみをいますぐ眠らせてくれる**じゅもんを。

【数を数えながら、お子さんに向けて目に見えない薬をまくふりをしてください】

「3、2、1、ねむたーい、ねむたーい、もう寝ちゃった」

「さあ、行くがいい。もうほんのちょっとしたら眠れるんじゃからな」とあくびおじさん。

「おうちに帰る途中、まぶたはおもーく、おもーくなって、息をするごとにどんどん、どんどん、くたくたになって、眠くなっちゃう。眠るのなんてかんたん、とわかるじゃろう。今日だけじゃないぞ。あしたはもっと早く眠れるし、もっとぐっすり眠れるようになるのじゃ。そうやって毎晩どんどんうまくなる。目を開けてても、ただくたびれるだけじゃ」

きみとロジャーはそろってあくび。【あくびする】それからあくびおじさんにていねいにお礼(れい)をいって、おかあさんうさぎといっしょに家に帰りました。

　ぼくはきっと帰る途中で眠っちゃうよ、とロジャーは思い、こういいました。

「もうくたくただし、眠っちゃいたい、いますぐ【あくびする】。いま、ぼくがおふとんの中だったらどんなにいいだろう。聞こえてくる音がぜんぶ、ささやいてくる。『さあ、寝なさい』って。そして、その音がゆっくりと遠くなる。すると、きみは寝ちゃうんだ、いますぐ」

みんなで歩きはじめると、一歩ずつどんどん、どんどん、足がおもくなってきます。くたくた、とってもくたくた。あくびおじさんがいったとおり、もうくたくた、とっても、くたくた。

　しばらくしてあらわれたのは、うつくしくてかしこい、あのウトウトフクロウです。ウトウトフクロウは、ロジャーにいいました。
「おやおや、きみもくたくただね。【なまえ】。ふたりとも、**すぐにでも眠っちゃいそう**」

とってもくたくたのロジャーはゆっくりうなずいて、「うん」と答えました。本当にウトウトフクロウさんのいうとおりだな。

　きみも、「いま、まさに眠りに落ちようとしているところなんだ」と思います。

　「**おやすみなさい**」とかしこいウトウトフクロウさん。きみは**目をつぶって、あくびをしながら【あくびする】、もう眠**っちゃいそう。

　ロジャーはまたおうちのおふとんを目指して歩きはじめます。一歩一歩、歩くたびに、どんどんどんどんくたびれてきます。ああ、あったかくて気持ちいいおふとんに入りたい、いますぐ。そう、いまきみがそうしているみたいに、気持ちよく眠れたらなあ、いますぐ。おふとんのことを考えていると、ロジャーはもっとくたびれてきて、くたびれればくたびれるほど、おふとんのことを考えてしまいます。ロジャーときみは、もっともーっと、くたくたになってきました。さあ、もう、いつでも眠れるよ。

　しばらくすると、今度は、自分のおうちを背中にしょった、親切なおねむのカタツムリにまた会いました。おねむのカタツムリは、

さっき会った場所から、ぜんぜん進んでいません。「とってもゆっくりだからな」とロジャーは思いました。「だから、**かんたんにすぐ眠っちゃうんだろうな**」

　そう、おねむのカタツムリはもう眠っていたのです。ロジャーがとおりすぎても気がついていないみたい。
　そう思ったそのとき、「**きみももうすぐ眠るんだろう？**」とおねむのカタツムリがつぶやきました。
「そうなんだ、ぼくもくったくたさ。とにかくおめめをつぶりたい、いますぐ。もうすぐ自分が眠っちゃうってわかるんだ」とロジャーは返事をします。さあ。いいんだよ、そのまま眠っても。もっともっと深い眠りへと。また目をつぶって、そのまま眠りに落ちて

いってもいいんだよ【あくびする】。

　ロジャーは本当にくったくたで、もう足を動かせないくらい。くったくたにくたびれた。それでも、ロジャーと【なまえ】は、おうちへと歩きます。もっともっと深く眠るために。

「息をするたびに、どんどんどんどんくたくたにくたびれてくるよ」とロジャーがひとりごと。どんどんどんどんくたくたになる。ぼくはもうすぐおうちにつくけど、きみはうんとくたびれて、目を開けていられない。

息をするたびに、もっともっとまぶたがおもくなって、開けていられなくなります【あくびする】。まぶたが石みたいに、おもい、おもい、おもーい。

　おうちが見えました。やっとついたぞと、くったくたのロジャーは思いました。さっきより、もっともーっとくったくたです。「さあ、これでぼくたちふたりとも眠れる、朝までぐっすりぐっすり眠れるんだ、【なまえ】」

　ドアにたどりついたロジャーでしたが、あんまりくたびれていたので、開けられません。ぼくたち、そんなにくたくたなんだな、と思いながら、ロジャーはあくびしました【あくびする】。

　おうちに入ると、きょうだいとおとうさんうさぎはおふとんの中でぐっすり眠っています。ロジャーはゆっくり歩いて、自分のおふとんに向かいました。くったくた、ああ、くたびれた【あくびする】。

　おふとんに入ると、ロジャーはあくびおじさんにいわれたことを思いだしました。「あしたはきみたちふたりとも、もっと早く、もっとぐっすり眠れるよ。いま眠っているように」ということばを。

おかあさんうさぎはロジャーをやさしくおふとんに寝かせると、**もうくたくたにくたびれた【なまえ】**に、「おやすみなさい」といいました。

「そう、きみはあした、もっと早く眠りに落ちるよ。もう安心だね」とロジャーがきみにいいました。そして、ぐっすり眠るために目をつぶります。

　ロジャーは眠ってしまいました。次はきみがロジャーと同じようにする番だよ。ロジャーが眠れたんだから、きみも眠れるよ、いますぐ。

おやすみ。

おやすみ、ロジャー　監訳によせて

　世界的な調査によると、日本人の睡眠時間は大人も子どもも、世界屈指の短さです。とくに日本の女性は、世界で一番短いことが知られています。
　「すぐに子どもが眠ってくれたら、どんなに助かることか……」
仕事に、家事に、子育てに奮闘している、ママとパパの切実なる願いではないでしょうか。
　同時に、お子さんの脳と身体を育てる睡眠の重要性を知ることは、これからの大切なテーマだと思います。ここでは本書の解説とともに、お子さんの寝かしつけに参考になる方法もあわせてご紹介します。
　子どもがなかなか眠らない原因は、まず、十分に疲れがたまっていないことが考えられます。眠気は疲れに比例して強くなるので、日中はしっかり遊ばせましょう。
　気をつけたいのは、夕方に寝てしまうこと。疲れが減って、夜になっても眠くなりません。午前中に太陽光をたっぷり浴びながら外遊びをして、昼食後の早めの午後に昼寝をするようにしましょう。
　日中に太陽光を浴びておくと、夜、暗くなるとともにメラトニンという睡眠ホルモンの分泌量が増えるので、ぐっすり眠ることができます。夕方からは、室内照明を夕陽のような暖色にして、光の刺激を減らすと、メラトニンの分泌が高まって眠くなります。
　そのほか、脳の興奮や緊張があると、眠れなくなります。いろいろ考えごとをしたり、空想が止まらないのも、脳が興奮している証拠。これをリラックス状態に、そして眠りへと導く心理学的アプローチが、本書にはちりばめられています。
　お子さんの頭の中の考えが、読み聞かせをしながら、眠りに効果のあるストーリーにスッと入れ替わることで、実際に眠りに落ちてしまうのです。これまでの「おやすみ絵本」とは一線を画す、眠らせることに徹した斬新なア

プローチです。

　著者はスウェーデンの行動科学者で、心理学を専門に研究しつつ、大学でコミュニケーション論も教えています。自費出版本からスタートし、世界規模で記録的ベストセラーになった本書の執筆にあたっては、着想を得てから３年をかけて、実際に効果のある物語、フレーズを、練り上げたといいます。

　まず、文章の表現をすでに達成している形にすることで、眠りに落ちるアファメーション効果（自分に言い聞かせることで意識に働きかける効果）が高まります。そして、「もっと、もっと」「ゆっくり、ゆっくり」と言葉を繰り返すことによって、そのパワーが強くなり、より自己暗示にかかりやすくなります。

　さらに、呼吸は息を吐くときに体の力が抜けて、眠くなります。「も〜っと」「ゆ〜っくり」「ぐ〜っすり」と、息を長く吐きながら、読み聞かせるとよいでしょう。

　また、人はリラックスしているとき、手足は重く温かく感じ、呼吸がゆったりしているという特徴があります。ウトウトフクロウが教えるメソッドは"自律訓練法"がベースになっていて、意識的に体をゆるませながら眠りやすくする方法です。医療の現場でも使われている効果的な方法なので、ご自身が眠りにつくときにも「体がおも〜い、石みたいにおも〜い」とイメージしてみるとよいでしょう。

　物語に感情移入して読み聞かせていると、ママやパパも途中で眠くなってしまうかもしれません。ときには、お子さんと一緒に眠ってみてはいかがでしょうか。ついイライラして気持ちに余裕がなくなるのは、睡眠不足が影響していることが多々あるからです。

　お子さんがロジャーとともにぐっすり。

　そしてご両親も、寝かしつけの奮闘から解放されて、心地よく眠れることを願っています。

快眠セラピスト 三橋美穂

日本のみなさんへ

『おやすみ、ロジャー』を手に取っていただき、ありがとうございます。
この本を書いたのは、すべての家庭の助けになると考えたからです。
それが実際に世界各国の保護者や親、そして先生によって
読まれているのを見ると、信じられないくらい素晴らしい気分になります。
子どもがすやすやと眠るのを、世界中の親たちがどれほど望んでいるか。
幼い子どもの父親として、私もその思いはよくわかるのです。
願わくば、『おやすみ、ロジャー』が日本の読者に喜んでもらえることを。
そして、日本で、スウェーデンで、世界中のいたるところで、
眠たがっている子どもたちの助けになることを。
心をこめて。

カール=ヨハン・エリーン

著者
カール=ヨハン・エリーン
Carl-Johan Ehrlin

行動科学者。スウェーデンの大学でコミュニケーション学の講師を務める。心理学と行動科学の知識をいかして本書『おやすみ、ロジャー』を執筆し、2010年にスウェーデンで自費出版。2014年に英訳されると、あまりに効果が高いため口コミで話題になり、イギリスのアマゾン史上はじめて自費出版本として「総合ランキング1位」を獲得。それを皮切りにアメリカ、フランス、スペインなどでも次々とアマゾン総合1位を獲得、有力メディアが続々異例の特集を組み、一躍世界的ベストセラーに。今後世界40か国での翻訳が決定している。

おやすみ、ロジャー　魔法のぐっすり絵本

2015年　11月25日　第 1 刷発行
2018年　10月11日　第21刷発行

著者／カール＝ヨハン・エリーン
監訳者／三橋美穂

発行者／土井尚道
発行所／株式会社 飛鳥新社
　　　　〒101-0003 東京都千代田区一ツ橋2-4-3 光文恒産ビル
　　　　電話（営業）03-3263-7770（編集）03-3263-7773
　　　　http://www.asukashinsha.co.jp

ブックデザイン／城所潤＋大谷浩介（ジュン・キドコロ・デザイン）
印刷・製本／中央精版印刷株式会社

落丁・乱丁の場合は送料当方負担でお取替えいたします。小社営業部宛にお送りください。
本書の無断複写、複製(コピー)は著作権法上での例外を除き禁じられています。
ISBN 978-4-86410-444-9　©Asukashinsha 2015, Printed in Japan

編集担当／矢島和郎